WIE
UNGEWÖHNLICH

Wir widmen dieses Buch allen Pekkos und Pekkis
und ganz besonders aber Charlotte, Eliah, Malina, Noah und Vita.

Pekko, der Antiheld der Geschichte, ist permanent überfordert.
Von den Ansprüchen und Regeln, von der Strukturiertheit der anderen,
von seinen Unzulänglichkeiten, von allem.
Und immer, wenn Pekko sich besonders bemüht,
etwas ganz besonders gut zu machen, dann passiert etwas ganz Seltsames.
Ob es da hilft, die großen Gefühle einfach wegzusperren,
um mehr wie die anderen zu werden?

SchriftStella

Verlag SchriftStella
Dr. Karin Gilmore, Wiesensteig 29, 9500 Villach
www.schriftstella.at

Layout: Martin Dueller
Covergestaltung und Illustrationen: Simone Dueller
ISBN: 978-3-903248-53-3

Pekko zählt auf sich

Monika Raffelsberger-Raup
Illustriert von Simone Dueller

Es ist Montagmorgen, ein Morgen wie jeder andere.
Nicht besonders schlecht.
Auch nicht besonders gut. Ein ganz gewöhnlicher Morgen eben.
Alles ist gewöhnlich.

Die Sonne ist so gewöhnlich, dass sie keinem mehr auffällt.
Die Bäume sind so gewöhnlich, dass keiner mehr auf sie klettert.
Selbst die schönen bunten Blumen sind so gewöhnlich, dass sich keiner mehr nach ihnen umdreht.

Doch mittendrin, ganz versteckt im ganz Gewöhnlichen, da gibt es jemanden, der gar nicht so ganz gewöhnlich ist.
Pekko eben.

Pekko sitzt gerne auf seinem Baumstamm, lässt sich noch lieber die Sonne ins Gesicht scheinen und staunt am allerliebsten in Ruhe über die schönen bunten Blumen im Gras, die es täglich gießt.
Denn Staunen, das kann Pekko besonders gut.

WIE
UNGEWÖHNLICH
1
2
3
4

Wie an jedem Morgen pflückt Pekko auch an diesem
einen großen bunten Blumenstrauß.
„Wie ungewöhnlich", quietscht es dann von dort.
„Nein, so gar nicht gewöhnlich", brummt es von da.
„Eins", zählt Pekko leise, „zwei, drei und vier", und pflückt weiter.
„Fünf … und … sechs", zählt Pekko.
„So ganz und gar anders", krächzt es von fern und Pekko weiß,
dass seine Ruhe nun damit beendet ist.
„Sieben, acht, neun, zehn", zählt Pekko lauter und schneller,
rennt in Windeseile in Richtung Pekkidorf,
wird ein klein bisschen rot und beginnt zu wackeln.

Pekko wohnt gemeinsam mit den anderen Pekkis im Pekkidorf.
Dort ist jeden Montag Zähltag.
Und so zählen die Pekkis auch an diesem Montagmorgen gemeinsam die hundert Schritte den großen grünen Hügel hinauf, die zwanzig Hopser den steinig wackeligen Weg hinüber und die sieben Stampfer hin zur großen, alten Eiche, auf der Frau Eule wie immer verlässlich auf sie wartet.
Denn Frau Eule, die war immer schon da.

„Guten Morgen, Frau Eule!", rufen die Pekkis dann pünktlich im Chor.
„Guuhuuten Morgen, Pekkis!", tönt Frau Eule dann verlässlich zurück und die Pekkis beginnen wie jeden Montagmorgen damit, sich selbst zu zählen. Ganz gewöhnlich eben.

„Eins", brummt Pekki 1.
„Zwei", quietscht Pekki 2.
„Drei, vier und fünf!", rufen Pekki 3, 4 und 5.
„Sechs", krächzt Pekki 6.
„Sieben", verkündet Pekki 7.
„Acht und neun", zählen Pekki 8 und 9 weiter und warten … warten und warten, wie an jedem Zähltag, noch ein kleines bisschen.

„Zehn!", ruft da Pekko und rennt schnaubend heran, „Pekki 10", und sein großer, bunter Blumenstrauß wackelt.

„Schuhuu-schuhaa, zehn ist daaa, alle daaa", tönt Frau Eule dann gemächlich zurück und alle, zumindest fast alle, können zufrieden mit ihrer Arbeit beginnen.

Zähltag, wie der Montag bei den Pekkis auch genannt wird, bedeutet für die Pekkis nicht nur, sich selbst, sondern auch vieles andere zu zählen.

Es gibt keinen Tag, der für die Pekkis wichtiger ist als der Zähltag – denn am Zähltag, da geht's um die Wurst.

Am Zähltag, da zeigt sich, wer in den Tagen zwischen dem letzten und eben diesem Zähltag am fleißigsten gesammelt hat.
Da zeigt sich, wer am meisten Proviant beisteuern, am schnellsten liefern und am ordentlichsten sortieren kann.

Denn Vorsorgen, ja Vorsorgen, ist das, was die Pekkis seit Hunderten von Jahren am besten können.

Pekki 1 ist ein Zahlenfuchs.
Es kennt so viele Zahlen wie kein anderes Pekki,
es rechnet so gut wie kein anderes Pekki und es zählt so schnell,
dass Pekko allein beim Zuhören schon schwindlig wird.
Pekko bewundert Pekki 1, denn es kann fabelhaft zählen.
Pekko kann das nicht.

Immer wenn es sich besonders bemüht, auch so schnell wie Pekki 1 zu zählen, dann passiert etwas ganz Seltsames.
Die Zahlen beginnen, in seinem Kopf zu tanzen, die 6 wird zu einer 9, die 1 zu einer 7 und Pekko muss sich plötzlich, ja ganz geschwind, auf den Kopf stellen, um noch irgendetwas zu erkennen.

„Wie ungewöhnlich", quietscht es dann immer von dort.
„Nein, so gar nicht gewöhnlich", brummt es dann von da.
„So ganz und gar anders", krächzt es dann von fern
und Pekko beginnt zu wackeln.

Pekko wackelt so lange, bis es vor lauter Wackeln gar keine 6 und auch keine 7 mehr sieht, bis es immer röter und röter wird, wackelt, bis seine Beine schlottrige Gummisprungfedern werden und diese Pekko – schwupps – wieder auf die Beine heben.

Aus der 9 wird wieder eine 6 und aus der 7 wieder eine 1.
„Schuhuu-schuhaa", tönt dann Frau Eule, denn die, ja die, die war immer schon da und heulte.

Auch Pekki 2 ist besonders beliebt bei den anderen Pekkis.
Es ist flink wie ein Wiesel und wenn es richtig wieselt,
dann wieselt alles rundherum mit.
Dann, ja dann, erkennt man es nur mehr an dem Windstoß, der ihm nachzieht, denn Pekki 2 ist schnell wie der Blitz.

Pekko wäre auch gerne so schnell wie Pekki 2, denn dann könnte es ebenso in Windeseile heranbrausen, wenn man es ruft.
Dann könnte Pekko flink seine Pflicht erledigen und anschließend wieder in Ruhe bunte Blumen pflücken.

Doch immer wenn Pekko sich besonders bemüht, auch so schnell wie Pekki 2 zu rennen, dann, ja gerade dann, passiert etwas ganz Seltsames.

Pekko schnaubt, gerät außer Atem, wird immer röter und röter, beginnt zu wackeln und seine Beine schlottern.

„Wie ungewöhnlich!", quietscht es dann immer von dort.
„Du wirst ja so rot wie eine Tomate!", brummt es dann von da.
„So ganz und gar anders!", krächzt es dann von fern und Pekko wackelt.

„Gut sortiert ist fast gezählt!“, sagt Pekki 3 immer, das sich gleich nach dem letzten Zähltag auf den nächsten vorbereitet und dabei, wie Pekko findet, immer furchtbar streng durch seine große eckige Brille blickt.

Mit der großen Brille sieht Pekki 3 so scharf, dass es jedes noch so kleine unpässliche Flecklein, jedes ungenießbare Krümelchen und jedes vertrocknete Körnchen sofort erkennen und aussortieren kann.
Die Pekkis bringen haufenweise Beeren und Samen, Krümelchen und Körnchen zu Pekki 3, das schon ungeduldig auf das Sortieren wartet.
Es weiß, in welchem Büchlein welcher Pilz zu finden ist, in welches Lädchen welche Samen zu geben sind und welcher Gattung die noch so exotischste Frucht zuzuordnen ist.

Pekko wäre auch gerne so ordentlich wie Pekki 3.
Denn dann, ja dann, würden die anderen Pekkis über Pekko staunen.
Sie würden staunen, wie sorgfältig auch Pekko den Proviant in Stapel ordnen, die Beeren in rote, die Körnchen in blaue und die Krümelchen in gelbe Lädchen geben kann.

Doch immer wenn Pekko sich besonders bemüht, etwas ganz besonders gut zu machen, dann, ja gerade dann, passiert etwas ganz Seltsames. Gerade dann, wenn Pekko die Beeren in die rote, die Körnchen in die blaue und die Krümelchen in die gelbe Lade geben will, gerade dann beginnen die Farben, vor seinen Augen zu tanzen.

Die gelben Lädchen werden plötzlich grün, die roten Lädchen bekommen blaue Tupfer und die blauen Lädchen, ja die blauen, die sehen plötzlich so gar nicht mehr blau aus.

Pekko wird immer röter und röter, zippelt und zappelt immer schneller, bis alle Lädchen mit ihm mitwackeln und die Beeren plötzlich zwischen den Körnchen und Krümelchen liegen.

„Wie ungewöhnlich!", quietscht es plötzlich von dort.
„Du bringst ja alles durcheinander!", brummt es dann von da.
„So ganz und gar anders!", krächzt es dann von fern
und Pekko schämt sich fürchterlich.

Auch Pekki 4 ist etwas ganz Besonderes.
Es ist stark wie ein Bär und kann so schwer tragen wie alle andere Pekkis zusammen.
Am Rücken, da trägt es dann eine Trage voller Brennholz, am Kopf, ja am Kopf, da trägt es meist einen Korb voller Beeren und an jedem seiner Finger, da hängt stets ein Sack voll mit Nüssen – die es mit dem kleinen Finger knacken kann.
Die Nüsse, die schenkt es dann Pekki 5, dem wunderschönsten aller Pekkis, wie Pekko findet, und dessen Flügelchen einen aufgeregten Luftzug hinterlassen.

Gerade deshalb wäre Pekko gerne auch stark und übt oft heimlich, etwas auf seinem Kopf zu balancieren.

Da steht Pekko dann – Buch auf Kopf – vor dem Spiegel, betrachtet sich von allen Seiten und stolziert wickelig und wackelig vor dem Spiegel auf und ab.

„Schuhuu-schuhaa", sagt dann Frau Eule, denn die, ja die, die war immer schon da und heulte.

Heute nimmt Pekko sich fest vor, auch so stark und geschickt wie Pekki 4 zu sein und einen Korb voller Nüsse auf seinem Kopf zu balancieren. Heute, so hofft Pekko, wird ihm dies besonders gut gelingen und gerade heute sollen die anderen Pekkis, vor allem Pekki 5, das schönste aller Pekkis, staunen.

Gerade dann aber, wie wir wissen, wenn Pekko sich bemüht, etwas besonders gut zu machen, dann, ja dann, passiert wieder etwas Seltsames.

So flink wie Pekko gar nicht sehen kann, liegen die Nüsse auf Pekko, der Korb darüber und Pekko darunter.

„Wie ungewöhnlich", quietscht es plötzlich von dort.
„So ein ungeschickter Tollpatsch!", brummt es dann von da.
„So ganz und gar anders", krächzt es dann von fern.
Das schönste aller Pekkis flattert erschrocken davon
und Pekko beginnt wieder, zu zappeln und zu wackeln.

Pekko ist es immer furchtbar unangenehm, wenn es spürt, dass etwas Seltsames mit ihm passiert. Wenn es wieder zu wackeln beginnt, wünscht sich Pekko oft, wie Pekki 6 zu sein – mutig, wie ein Löwe.

Pekki 6 ist auch in der dunkelsten Nacht, im schaurigsten Wald der beste Sammler, denn es ist so mutig, dass ihm selbst das gruseligste Heulen, das schaurigste Jaulen und das gefährlichste Brummen nichts anhaben können. Einmal, so erzählen sich die Pekkis, stand es Aug in Aug vor einem gefährlichen Tiger und zähmte ihn – mit nur einem Augenzwinkern.

Heute möchte Pekko besonders mutig sein und an jener Stelle Beeren pflücken, die am entlegensten liegt. Dort, an jenem versteckten Platz, soll es die größten, saftigsten und schönsten Beeren überhaupt geben.

Mutig setzt Pekko einen Fuß vor den anderen und stampft hinein in den Wald, tiefer und tiefer. Doch als es dann allmählich dunkler und kälter wird, beginnt Pekko bereits, ein wenig zu wackeln.

Pekko beginnt, vor sich hin zu summen, zählt leise: „Eins, zwei, drei“,
und lauter: „Vier, fünf, sechs“,
stolziert aufrecht und mutig voran, hin zu jenem Platz,
an dem es die Beeren vermutet.

Als dann aber noch ein Brummen und Knarren, ein Jaulen und Scharren zu hören sind, dann, ja dann, wird Pekko plötzlich rot und noch röter, röter als die saftigste, größte und schönste Beere im tiefsten Wald überhaupt – und seine Beine wackeln.

„Schuhuu-schuhaa“, sagt dann Frau Eule,
denn die, ja die, die war immer schon da und heulte.

Pekko ist traurig. Schon lange denkt Pekko darüber nach, was es gegen seine Beine, die ihm so gar nicht gehorchen, unternehmen könnte. Immer dann, ja gerade dann, wenn Pekko sich besonders bemüht, etwas ganz besonders gut zu machen, gerade dann, das wissen wir, geraten seine Beine völlig außer Kontrolle. Gerade dann bibbert und wackelt, schlottert und zittert es besonders.

Gerade aber, als Pekko so traurig dasitzt, Rücken an Baum gelehnt, da kitzelt ihn plötzlich etwas von ganz oben an der Nase. „Ha-ha-haaatschi", niest Pekko, schüttelt und rüttelt sich, hält ganz plötzlich ein Seil in den Händen und bekommt eine ganz besonders gute Idee.

Sorgfältig schnürt Pekko seine Beine vom Zeh zum Knie ein, bindet sie fest, ja zerrt noch fester daran.

Nie wieder würden diese Beine ohne Erlaubnis stören, nie wieder ungefragt zippeln und zappeln, nie wieder würde ein Schlottern ihn schwindelig machen.

Das beschließt Pekko und wackelt unbeholfen, aber zufrieden zurück in Richtung des Pekkidorfs.

Schon von Weitem hört Pekko ein lautes Hämmern und Klopfen, ein Brummen und Bohren und weiß, dass Pekki 7 fleißig am Werk ist.

Pekki 7 ist geschickt wie kein anderes Pekki und wenn es baut, dann steht in wenigen Tagen ein ganzes Haus.
Wie der Mörtel zu mischen und der Beton zu gießen, wie die Ziegel zu heben und zu kleben sind, das, ja das, weiß Pekki 7 am allerbesten.

Und heute, das beschließt Pekko, werden seine Beine weder zippeln noch zappeln und die Pekkis,
ja vielleicht auch Pekki 5, das schönste aller Pekkis,
werden staunen, wie ordentlich auch Pekko mischen und gießen, heben und kleben kann.

Unbeholfen, aber wackelfrei steigt Pekko auf das Gerüst,
ohne dabei auch nur ein bisschen rot zu werden.
Und weil heute so gar nichts zippelt und zappelt, mischt und gießt
Pekko schneller und schneller, hebt und klebt höher und fester und
mischt und gießt und hebt und klebt –
und Pekko tut das so lange, dass es gar nicht merkt, wie dunkel es
draußen und wie müde es eigentlich schon geworden ist.

„Schuhuu-schuhaa", ruft dann Frau Eule, denn die, ja die,
die war immer schon da und heulte bei ihrem Nachtflug.

Auch am nächsten Morgen und am Morgen danach arbeitet Pekko genauso eifrig da weiter, wo es am Tag zuvor aufgehört hat, und so auch am Tag danach und an dem danach und dem danach.

Die anderen, so denkt Pekko, besonders Pekki 5, das schönste aller Pekkis, wie Pekko findet, würden besonders staunen.

Deshalb steht Pekko noch vor allen anderen Pekkis auf, um zu mischen und zu gießen, zu heben und zu kleben, während alle anderen noch schlafen.

Und weil nun so gar nichts mehr zippelt und zappelt, überlegt es sich an jedem neuen Tag, wie es auch an diesem noch besser mischen und gießen, heben und kleben, noch flinker feilen und spachteln, bohren und hämmern könnte, bis Pekko schließlich so laut bohrt und hämmert, dass sogar das schwerhörigste aller Pekkis, Pekki 8, keine Ruhe mehr findet.

Und weil Pekko immer weiter mischt und gießt, immer schneller feilt und immer rascher bohrt, ist nun auch Pekki 2, das flinkste aller Pekkis, schon so müde, dass es nur noch taumeln kann.
Pekki 6, das mutigste aller Pekkis, erschrickt mittlerweile furchtbar, wenn es nur ein ganz leises Schnarchen hört und Pekki 5, das wohl schönste aller Pekkis, wie Pekko findet, ist so müde, dass seine Flügelchen nur mehr ganz langsam flattern.

Auch die Blumen am Wegrand lassen vertrocknet ihre Köpfe hängen, weil sie schon zu lange nicht mehr von Pekko gegossen wurden, und Frau Eule, ja Frau Eule, die heult auch nicht mehr, denn die haben die Pekkis schon seit Tagen nicht mehr gesehen.

Und plötzlich, ja plötzlich,
vermissen alle ganz furchtbar jemanden,
der ab und an zippelt und zappelt.

„Wie ungewöhnlich“, quietscht es dann verschlafen von dort.
„Du bist so gar nicht mehr du selbst!“, brummt es dann müde von da.
„So ganz und gar anders“, krächzt und gähnt es dann von fern und Pekko hämmert und spachtelt weiter.

Pekko denkt gar nicht daran, aufzuhören. Und weil es nicht daran denkt, damit aufzuhören, fleißig zu sein, und so gar nicht merkt, wie müde es eigentlich schon geworden ist, beginnt es schließlich damit – fast unmerklich, aber doch –, ein klein wenig zu zippeln und zu zappeln.

„Wie ungewöhnlich", denkt sich Pekko dann, mischt und wischt weiter und muss sich heute ganz besonders bemühen, alles besonders gut zu machen.

Und als sich Pekko dann ganz besonders bemüht, noch genauer zu kleben und noch schwerer zu heben, spürt es schließlich, wie es ein Windstoß an der Nase kitzelt und „Haaatschi!" Pekko blickt nach oben, wo das wohl schönste aller Pekkis, wie Pekko findet, verheddert im Ast über ihm flattert.

Und dann, ja dann, passiert wieder etwas ganz Seltsames.
Plötzlich spürt Pekko, wie es immer mehr zu wickeln und zu wackeln beginnt, wie seine Beine zippeln und zappeln, und es bebt, wie es noch nie zuvor gebebt hat.

Pekko hört ein Ritsch, Pekko hört ein Ratsch und steht plötzlich nicht mehr auf dem Gerüst, mit Ziegeln in der Hand. Die Beine hüpfen und springen mit Pekko höher und weiter, als es je zuvor gehüpft oder gesprungen ist.

„Wie großartig", quietscht es dann verwundert von dort.
„So ganz und gar außergewöhnlich", brummt es erstaunt von da.
„So ganz und gar besonders", krächzt und klatscht es dann von fern und die anderen Pekkis rennen staunend heran.

Pekko schwingt – beinahe fliegend – ein langes Seil über den Ast über ihm und befreit Pekki 5, das wohl schönste verhedderte Pekki, von der allerhöchsten Spitze des hohen Baumes.

Und nun, da Pekko plötzlich so hoch hüpft, sieht es weiter als je zuvor, sieht bis zur breitesten und weitesten Wiese vor ihnen und hüpft und springt, wie es noch nie zuvor gehüpft und gesprungen ist. Gemeinsam mit Pekki 5, dem wohl schönsten aller Pekkis, wie Pekko findet, landet es bei den buntesten und duftendsten aller Blumen, die in der warmen Morgensonne rot wie seine Bäckchen leuchten.

Und während Pekko nun schon sehr lange so daliegt, dass die Sonne schon wieder am Aufgehen ist, da hört es nur mehr ganz leise ein Brummen, nur mehr ganz dumpf ein Quietschen und kaum mehr ein ganz leises Zählen. Doch heute, so denkt sich Pekko, gerade heute, an einem Morgen wie jedem anderen, möchte es noch etwas länger das tun, was es ganz besonders gut kann, und noch ein wenig länger staunen.

„So wunderbar bunt", staunt Pekki 5.

„So ganz und gar außergewöhnlich", flüstert die Eule zufrieden.

„So ganz und gar besonders", sagt Pekko und zippelt und zappelt zufrieden und die Flügelchen des wohl schönsten Pekkis flattern,
während Pekki 9, der allerbeste Erinnerungssammler im Pekkidorf,
ein Foto von beiden macht.

Ende.

Autorin:

Monika Raffelsberger-Raup, geboren 1986 in Villach, Germanistin, Mutter von 2 Söhnen.

Illustrationen:

Simone Dueller, geboren 1983 in Villach.
Künstlerin, Kulturvermittlerin und Kulturmanagerin.
3 Kinder, 2 Katzen, 1 Mann, viele Flausen.
simone.dueller.at